清い光

真原継一詩集

土曜美術社出版販売

詩集　清い光　＊　目次

詩集
清い光

清い光

唇を噛みしめ
精神を奮い立たせて
戦後生き抜いたことを
考えています

地獄を見た人々の恐怖を
人間が崩れ落ちる姿を
人間の節制の無い醜さを
見てしまった
いやだね　人間である事が

罪深い人間たちの姿に
哀れみと不条理の影を
見ています
未来を呼び込む勇気ある姿を
思い描いて

我々の手で
この世界を切り開きたい
死者達の贈り物を胸に秘め
一人一人の未来に
清い光が注がれんことを

高潔な人

ただ一人黙って
この世を見つめている
高らかな精神を生き抜く
誰の為でもなく自らの為に

高潔な人に出会い
高潔な人として生き抜く
真っすぐこの大地に
立っている
あなたは慎ましやかな

心豊かな人

精神は陽だまりで遊び
雪山を仰ぎ見て
健やかさを生きる
尊い人と手を触れあって

有るがままに自然と戯れ
私は何も持っていないと
大木のように立っている
何も望まず何もせず
言葉を持たず

ただ自らの精神で
真っすぐ立っている

清らかな青空のように
澄み渡る高潔な人

人間賛歌

強いられて
この世に生まれた
生身の人間の
悲痛な魂の慟哭を奏で
聖なる高みを目指して
悲しみの向こうにある
荘厳な人間賛歌を詠おう

生死を超えようと
ひらめき揺れる

人間賛美の歌は木魂し
赤い魂の血潮に
静寂の祈りの言葉が流れる

妖精は水浴びに憩い
天女は虹の羽衣を翻す
永遠の赤き夢を
オーロラに乗せて
荘厳な歌声は
天を輝かし

おお
この地平線を抱きしめる
光りふる慈悲
意志高き愛を青空に映し

心震える弓を爪弾き
心憩う泉に
平和を求める
自由平等のいのち輝く
人間賛歌を奏でよう
同時代人よ

世界市民

重い荷物を背負いながら
しなやかな心の織りなす
心の綾織り
流水に晒され
回る糸車

積み重なった織物は
幾重にも重なって
時の痛みに耐えながら
見果てぬ夢を織っている

若々しいミューズは
しなやかに両手を広げ
踊りながら奈落の底に
沈んでゆく

若々しい未来は閉ざされ
今ある微笑みを慰め
お互いの手を握りしめている
痛いげな乙女　春の息吹

生きる意味を問いかける
身を投げ出し
両手を挙げ揺らすケロイドの踊り
流れる川の側で

励まし合いながら踊っている

人間とは何だ
人類とは何だ
生きる未来とは何だ
人間が生き抜く真理とは何処にあるのだ
乙女たちは裸体を投げ出し
問いかける

国など要らない
我ら皆世界市民
我ら皆人間らしい人間
人間の継続を夢見る尊厳ある人間
我々は彼女らと共にある

即の間

全ては消えてゆくのに
えいえいと労働している
何ていじらしい事
家庭を持ち笑顔を振りまき
幸せを願い

永遠など忘れ　戦争に明け暮れ
暴力をこよなく愛し　人間を嫌悪し蔑み
嫉妬に身も心も預け
ことのほか悪口が上手で

何て愚かな事でしょう
もっと十全に生きる事を忘れ
何時も同じことをするのに慣らされ
半分死んだように朝ぞろぞろ出かけ
夕方にはぞろぞろ帰ってくる
なんとゆう病でしょう
時間に取りつかれ何と窮屈なこと

この束の間の人生
地平線の向こうに夢見て
勇気ある帆を高らかに掲げ
青空に浮かぶ雪山を仰ぎ見て
ひたむきに生き生き生きている姿に
出会いたいものだ

転んでも　転んでも
ひたむきに立ち上がる姿は
生き生き生きる勇気を与えてくれる

人類の継続を信じて　未来を信じて
今を必死に生きている
苦難と苦渋を共に
木漏れ日の憩いを求めて
生きている　儚い命なれど

傷つき立て直し　立て直し傷つき
破壊して立ち直り　立ち直り破壊して
立ち上がり横臥して　横臥して立ち上がり
夢求め　生き生きと夢中を歩く
ひたむきな尊い人よ

はるか遠い地平線を夢見る人よ
理性を信じて
永遠の継続を歩く人よ

誓い

呼びかけの言葉を
呼び戻す死者達の詩は
永遠へと駆け上がる
見よ
憧れの夕焼けを
聞け
魂の鈴の音を

真珠の朝焼けが呼びかける
ひれふる風に囁く

平和の詩は虹を駆け昇る
見よ
青空を映す海の色を
聞け
清冽な星々の願いを

返す言葉も無く
君は何故生き何故死んで行くのか
君を賛美する歌は聞こえず
藻屑となって深く沈んでゆく
真実の良心を
深く深く抱き締めて

君を呼び戻そう
この地上の大地へ

勇気ある帆を高らかに掲げて
生きるに値する世界が待っていると
清々しい草原の風に
誓おう

だが
生死の机に座って
知性と感情と意志の
渦を歩いている
心願する小さな生き物である
人間には
誓いを見ることは出来るのだろうか
自由平等の美しい立ち姿を

滑る姿態

無明の表情
崩れ行く姿態は
支えられなく崩れ行く
悲しみのあまり
言葉なく
顔覆う世界倒れ行く

暗い落ちる向こう
無残な残骸が飛び行く
深い人間の心の闇

無念の土を嚙む

生きていいのかしら
この食いちぎる世界に
人間が溶けてゆく
胸奥深く
なよやかな姿態を
扉に滑らせて
人間に問う
理性の消える音を聞けと

残虐さに身を任せたまま
人間らしさを問い続けることなく
善意で舗装された道を
抵抗する意志さえなく

歓喜する地獄の断崖へ滑り落ちる
勇気なき理性の溶け行く人間の愚かさ
最大限の欲望をふるい落とす
飼いならされた猿の成りそこない

無念の唇を嚙みしめる
おお
これが人間だと

飛び交う死の科学技術
栄光あれ科学技術の未来に
栄えある英雄たちが
死を乗り越えてゆく
核は神　神に祝福あれ
これを無と言わずして

なんと言おうか

小さな人間が平和な道を
自然と戯れ
真善美を纏いながら
散歩する美しい立ち姿に
出会いたいものだ

出会い

死者と共に生きている
者には
言葉を飲み込んだまま
沈黙の底に落ち込んでゆく

生きる意味も分からず
呆然としている
ただそれだけが
人間である真実だと信じているから

励ましなど遠くに沈んで
胸奥の騒ぐのをじっと
見つめている
消えてゆく死者たちの声に
耳を澄まして

ああ私はどこにもいない
不安な道を
後ろへ後ろへ退いてゆく
何もできない虚しさを
噛みしめて

死者と生者と未来者と
共に生きて行ける世界
人間の尊い精神が

今あることに慎み深く
美しい立ち姿で遊んでいる
平和の息吹を我々と共に歌う
いとしさに出会いたい

問い続ける

戦争と平和とは何か
生死とは何か
問い続けています

余りにも惨い世界を見たから
精神の崩壊こそ正しいと
心身を投機して叫んでいます
哀れな無様な愚かな人間の生きざまを

ああ

窓から投機するものこそ正義
悲しみから苦渋が漏れる
生きない方が　見ない方が
聞かない方が　良いと
頭を潰しながら呟く

何故このような世界があるのだ
怒りだけが宇宙をさ迷う
人間とは何か
人間らしさとは何か
問い続けています
さようならと

人間そのものが
ダメになってしまっている

そうゆう時代は今まで無かった
世界が消えて行ってしまう時代
人間が消えてしまう時代
人間の顔が　人間の精神が
溶けて無くなる時代
狂気だ

感慨

気弱な子が良くここまで
誇りを持って
生きてこられたものだ
もうとっくに
この世に居ないはずなのに
どうにかこの世に
立っている

不思議なことだ
あの白い手の子が

生き延びている姿に
驚嘆する
ああ清らかな風のように
生きたい
何もいらない
まほろばの夢の公園を
二人は歩いている

平和なのどけき
時代の子であり
未来の子の夢見る
風景であり
ありのままに生きた
立ち姿であり

どうにか良く生きたと
何時も励ましている
小さな子が
心の平和な宇宙を旅している
人々からも忘れ去られ
何の役にもたたず
何も望まず
それがどうした

未来は

胸にしたしたと漏れ出る声
染み入る声
遥か遠い時を超えて
聞こえ来る
胸打つ声は鼓動のよう

駆け抜けた時代は
美しかったか　貧しかったたか
若い柔肌が駆けてゆく
滑らかな肌をして

希望の刃を胸にさし

生死を歩きながら
生々しい胸を激しく揺すりながら
嘔吐しながら
生きる意味を激しく問い詰める
生死の綱を渡りながら

人は生きるに値するか
自由平等の平原を走り抜けるのか
功利の勲章をぶら下げる
愚かな人間の群れの中を

心豊かに健やかに
悠然としてこの世の中を

暖かいこころ持て
何もなく遊べるのだろうか
瞳は地平線の向こうを眺めている
真理を歩く姿見て
未来に輝く顔を見て

君

君は見られている
この人生を健やかに
駆け抜けよ
晴れやかな心は
青空を駆ける

君の心を信じている
どのような苦難にも立ち向かい
人間らしさを身に纏い
清らかな流水に身を浸し

しなやかに生きていることを

心静かな君は
森を呼吸して
一歩一歩あゆみを進める
力強い足は精神を鼓舞する
生き抜いた航跡を描いて

朗らかな君は
スカートを翻し
この大地を優美に舞っている
鹿の角笛を吹き
歌声は雪山にこだまする

鋭敏な感受性

十五歳の魂が震えてる
胸に手を当て
誰とも知らずに
ヒリヒリした肌をむき出しに
静寂の中を
手を合わせ
祈っている

十六歳の魂が震えてる
人間嫌いの

ヒリヒリした皮膚は
怯えている
虚しく流れる
魂の滴の痛さに耐え忍び
何時も
何所かに行きたいと呟く

十七歳の魂が震えてる
神経衰弱の
むき出しの皮膚は
何時もヒリヒリ痛み
この世を消えて
清らかな向こうに住みたいと
月光に祈っている

十八歳の魂が震えてる
孤独に潜り込み
哀れ悲しや
月夜の光りの中で
白い手は祈っている
月光に抱かれる
暗夜の部屋で

十九歳の魂が震えてる
なにもなく
白い心を投げ出して
月光を浴び
青い身を
桜のもとに鎮まりたいと

あるがままに

喜びも無く　悲しみも無く
時が静かに黙って
過ぎてゆく
幸せでも無く　不幸でも無く
時があるままに
過ぎてゆく

目を瞑り遠くを見つめ
地平線に憩う
心の豊かさを願い

日々の後を追っている
人々の憩いの時を

未来は長く続き行く
遠い夢なれど
木魂する声が響き合い
人々の胸に虹を描く

ああ長い人生の旅人
君は何処へ行くのか
儚い一粒の雫
手にそっと握りしめ
良き日々を願う
人々の清い尊い光を
人々の健やかな立ち姿を

向こうの人だけが

向こうの人だけが
恐れを抱かないし
正しさに住み
怒り少なく穏やかだ
苦悩の中に愛を抱きしめている

向こうの人だけが
生き生きと生き
健やかな顔をしている
息吹のように　風のように

健やかだ

向こうの人だけが
戦争はしないし
太陽のもと　青空のもと
平和の光を浴び
清々しい朝に身を委ねている

向こうの人だけが
弱い者に心を注ぎ
片隅を照らしている
自由平等の生気に溢れ
草原の息吹の中を遊んでいる
言葉を持たない幼児のように

天と無償

十分生きたし
十分にやり切った
もう満足だ
良くこの年まで
生き抜いたものだ

あの十八歳で
もう居なくなって
いたのに

何だか夢みたいな人生だ
人生をこの手で摑んでいたし
空っぽの自らは
十分に満たされている
自らの死を
自ら知らないから生きている

感慨深いものが多い
憎しみも諦めも喜びも悲しみも
愛も慈悲も惨めさも
戦争も平和も自由も平等も
幼児も子供も青年も熟年も老年も
心の中に抱きしめている

長い年月考え抜く人は尊い

良心を持って生き抜いた人は尊い
清らかな精神で行為する人は尊い
死者たちの無念さの勇気に
心身の痛みに耐え抜いた人に
天と無償は微笑む

悠久の歌

さざ波は白い砂を洗い
清らかな水の流れは心に注ぎ
さらさらと水辺は微笑む
小鳥たちは春を囀り
息吹の子たちは高らかに
笛を吹く

春とうとうと歌い上げるさなか
青空に赤いバラがそよぎ
清らかな一滴が落ちてくる

ふくよかな心にたゆたゆと
花園に舞い落ちる
白い鳥　桜花
歌い上げる永久の調べ
透き通る心に照り流れゆく
虹かおる悠久の朝

さあ　歌い上げよう
悠久の調べ
森に響く清らかな賛歌を
おお　精神は響き合い木魂し
清冽な流星は流れ
星々は瞬く　心の青空を

雪山賛歌

夢重ね
夜空に星々は輝き
陽は目覚め
青空に浮かぶ
雪山賛歌

ああ
眼前に聳え立つ
刻まれた白い彫刻
清々しきかな

目は驚きの声を上げ
見上げる憧憬

我が心の故郷を照らす
ひかりふる雪山よ
健やかに降り注いでおくれ
清らかな囁きを
憧れ仰ぎ見る
天空の瞳に

我が心を赤々と照らし
悠然と佇む
みずみずしい雪山
清々しい息吹を降り注ぎ
沈みゆく夕日に照らされて

心は洗われてゆく

夕陽に輝く
雪山
赤々と燃える故郷
君を仰ぎ見る我が心の中に
ああ　雪の賛歌が降り注ぐ

風の盆

夜に濡れた石畳
顔かくす夜を舞う
桃色の頬の乙女
両手は招く夜空の恋心
裳裾ける足のしなやかさ
心かくし踊る風の盆

失い慰め恋歌は
夜空の星々に流れ
隠れて消える人の声

しとやかに夜に隠す
心に落つる一椿
風の盆

愛しい人よ
風に揺られて
何時でもお出で
優美に舞う女のこころ
踊る恋心を見にお出で
おわら風の盆

清冽な雪水の流れ
清らかに澄み
優美な乙女の舞
夜空に静かに招く

しめやかにしめやかに流れゆく
風の盆

降り注ぐ

どのような時にも
こころ触れ合える
心の友よ
苦しい時も　哀しい時も
お互いの手を握りしめ
お互いを見つめ合っている

人間で有ることは尊いと
言い合って
駿馬のごとくこの世を
駆け抜けて行く

誰にも頼らず
真っすぐ立っている

哀しみの河を渡り
喜びの水浴びをする
与えられたるを知り
有るがままに
その日を憩う

お互いの心を通わせ
未来に身を投げ出し
勇気の炎を灯し
何時までも君を見つめている
未来から平和が注がれんことを
人間らしさが降り注ぐことを

鈴かけの人

憧れを纏い
鈴かけを歩む
清らかな
心の鈴を振る白い人

精神はあなたを慕い
瞳は青空を見つめ
美しい立ち姿を
駆け行く時代に映して
鈴かけを歩みます

触れる青い海
さざ波の胸を
涼やかに清い人が
鈴かけの道を過ぎて行きます
魂を奏でながら

健やかな尊い人が
時代を背負って
通り行く
知恵と叡智を奏でる
すずかけの人よ

こころの中を
涼しい風が吹いている

憧れを歩いて行く
鈴懸の径

汚点

君の美しさは君の盗み取る女の心を隠し
君の地位は犯罪もそれ程でもなく見せる
君の盗みも青春の勲章だといい
嘘も方便だといい
おまけに人生に潤いをもたらすという
いつも自分に言い訳をして
誠実さを方便に売り渡す

人は良きものを残し汚点を消す
誠実さを装い悪意を衣に隠す

隠すことになれた官僚は
部署を死守するためどんな手段も使う
洗練された前例を駆使して生活を守る
人はうまく生きたと踏み台にした人を忘れ
二枚舌をそっと舐める

歴史は都合の良いものばかり残し
都合の悪い悪意は葬りさられる
人は歴史に翻弄されて歴史の悪意を忘れ
美しい人と同じ顔をして
美しく化粧すれば全ては隠せると
騙すのが上手な見事な人に
歴史は上手に消される

人は良い思い出のみを残し

悪い思い出を嫌い
ひ弱な私を見せないよう
現実を比喩に隠し
そして自らの心を防衛す

夕焼けの旅人

小さな平べったい胸は
恐怖と不安に苛まれ
どうにか生きている
明日は無く

恐怖と不安に慄きながら
小さな胸を抱きしめ
必死に生きている
涙ぐましいばかりに

尊いものが胸の中を
通り抜けてゆく
見えない平和の灯が
遠い夢の中で
揺らめいている

沈黙の子が心を振り絞り
この大地を踏みしめ
いじらしくも
孤独な辛い道を
皮衣着て
湧き上がる湧水の詩を
唱えながら歩いている

人間らしい地平線を

何時までも眺めている
水が流れるように
こころ弱き人
小さな灯を灯し歩む
夕焼けの旅人

心が割れる

汽車がことこと音をきしませながら
心の中を走っている
手足は雨で濡れ
覆いかぶさる男のなまぬるい顔が頬をなめる
瞳の割れ目から薄ぼんやりとした
顔が浮かんでくる
「人に優しくしようね　正しい行いをしようね
気をつけて帰るのだよ」と
強く圧迫される胸から
硝子の割れる音が聞こえてくる
胸に破片が突き刺さって

濡れた瞳の奥ではぎしぎしせめぎ合う
氷の音が聞こえる
目をあげると
雨に濡れたネオンは歓楽をとかし
白い化粧をした女が生活のためよと笑っている
ひび割れをおこし
胸に突き刺さった破片を抱いたまま
生活をしている
ひめくりを剝がされ
欲望と言う電車が心の中を走って行く
終着駅はもうすぐだろうか
支配する喜びと
支配される悲しみがせめぎ合い
征服する喜びと
征服される悲しみに心が割れる

美しき友

君の言葉何時も機知に富み
ほれぼれするよ
苦しい時も悲しい時も
手を携えて共にある

君の知恵ある言葉は
微笑みを浮かべ
颯爽と風に吹かれ
揺れている

君の暖かい言葉は

湯気を伴って
心躍るユーモア
楽し気な流水が流れゆく

いまここに
あなたと私がいる
平和の歌を歌いながら
君の気高い精神は
青空を描く

全ては
君の心の清らかさを
語っている
精神の気高さをこの世に描く
美しき心の友よ

それは誰

君は機知に富み
こころ優しき人
小さきものに
心よせ
何も望まず
そこに立っている

自らの足で立ち
自らの精神で語りかけ
素直で真っすぐ立って

健やかに生きている

こころ小さく
こころ弱く
片隅を照らし
清らかな水のように
手を胸に当てている

ただそこに立っている
過ぎ去るものを見送って
目を瞑って祈っている
空なる人それは君

物静かな
慎ましやかな佇まい

さりげなく
その日を見送り
明日を待っている
おお　それは誰

本当の言葉

本当の事を語りたい
語りえない事を
真実は眠っている
静かな言葉に触れて

そう私は知っている
語りえない言葉を
胸深く秘めたこころの
響きを

誠実な心は正直を語る
信じえる言葉を
魂は私に語りかける
あなたは静かに目を瞑り
生きていると

本当の心の響きは
遠い夢を語り
心良き日に憩う
清々しき胸は
快い弦を引き
楽し気な快活な声を歌う

あなたの心躍る言葉は
あなたの心を照らし

遠い夢に憩う
本当の言葉に照らされて
生きよ
言の葉に包まれて

生きている

誰もが傷痕を持ちながら
心弱き者ながら
希望の旗を掲げて
生きています

この光のもと
眼前に広がる
自然の艶やかな景色
ああ　生きている

一心に　丁寧に
ただ一つの作品に向かい
香りある優雅な輝き
光に溶け込む揺れる色彩
ああ　永遠の言葉に憧れる

ああ　生きている二人
心身を与え合って
手を添えながら
明日には会えないかも知れないが
今を機嫌よく生きている

静かな佇まい

月光の光浴び
一人で黙ったまま
心を揺らしている
澄んだ風が竹を
ゆらゆら揺らしている

静かな心が
何かを訪ねている
有るか無きような
おぼつかない日々を

若い身を泳がせて
虚ろな世界を泳いでいる
君は何のために生きているのか
君は今有るのは何のためにか
問いながら

明日は無かってもよい
今ここにある空気を吸っている
やわらかい胸に問いかける
私は生きていていいのでしょうか
誰も答えてくれない

生きる意味なんかないなー
誰に言っているのだろ

心に　誰に　遠い向こうに
何もなく時は流れゆく

生きるとは何
胸打つ心臓
光は笑って闇夜を照らしている
静々と世界は歩いている

良き日々

良い日々が続いたらいいいね
向こうから声がする
そうだねと頷く
優しさに包まれて
心が落ち着く

そうだよ君たちの
声が聞こえるから
生きているのだ
遠い昔にも　未来にも

聞いたことがある

小さな子の生き生きした
振る舞いが嬉しい
誰隔てなく微笑む
平和な世界が
誕生するように

生きていることが
心から嬉しいと言いたい
人間らしい心を育み
未来を微笑えまさせ
素直に真っすぐ
この地上を生き抜く人々の
良き日々の誕生に出会いたい

君のいのちよ

何時消えるとも知れない
灯火なれど
胸の奥で
赤々と燃えている
勇気ある気高き精神は

君は倒れる木に
寄り掛かっているけれど
また立ち上がる時も
あると信じて

じっと我慢してくれ
気高き声を響かせて

生き抜いた魂を
しっかり抱き締めて
じっと心を見つめる
いじらしい君よ
めったに出会えない
いのちに出会ったのだから

どうしようもなく
明日は無く
時に耐えられなくても
胸に水が流れようとも
胸を掻き毟られようとも

儚く泡と消えようとも
君の手を胸に当て
生き抜いてくれ
尊い気高い
君のいのちよ

生き抜く

後悔なく生き抜く
この人生で与えられた
使命を
困難に立ち向かう勇気を
噛みしめながら

この与えられた短い時間を
必死に立ち向かう
見事な立ち姿を描きたい
自由平等を生きる指針として

この大地を歩む

死者たちの無念を胸に秘め
この惨めな世界に
自らの夢を放り投げる
君達と共に有ることを
示すために

人間の尊厳を手放すこと無く
胸に炎を燃やし
開かれた未来の窓に
希望の光を射し込ませ
今ある生を生き抜く

見上げた希望

もう　とっくに死んでいい者が
生きさらばえている
夢は逃げ去り
時は無残に過ぎてゆく
与えられた使命は忘れ去られ

死者たちと共に
歯を食いしばって
生きようとした勇気は
何処へ行ったのだ

あの溌剌と上げた拳は
時は虚ろに過ぎてゆく
懸命に生きようとしたが
世間とは激しくズレてゆく
面白可笑しく生きても
虚しい

あの清冽な精神の若者は
何処へ行ったのだろう
新しい時代を切り開く夢は
ゴトゴトと軋みながら
時は過ぎてゆく

屹立した精神が成し遂げる

情熱で燃え上がる清冽な若者は
もう何処にも居ない
たくし挙げ見上げる
屹立した
雪山は何処にも無い

横たわる者

人生に痛めつけられて
痛ましい
白い蔑みの眼でみつめられ
帰る場所もなく
汚い閉ざされた場所に
閉じ込められる牢獄

放り投げられ忘れ去られ
誰も訪ねる人もなく
孤独に蹲る
圧迫された胸は

遠い歌を奏でる
幸せな遠い夢を

社会の指差しに
胸は沈んでゆく
汚い汚れた狭い居場所に
閉じ込められ
人間が人間を食っている
惨めな世界

汚い汚物のように
扱われ
近づいてはいけない場所
開かれず閉ざされている
何もしなくていいよと

閉じ込められて

憂鬱な無関心の不寛容な世界
汚物のようにばらまかれ
見るもいやだと遠ざける隣人
私だけの幸福な世界に閉じ込もる
君は人を敬意する人かね

声を上げよ
自らの生きる声を高らかに
私はここに生きていると
ここに在ると
尊いいのちが君たちと共にあると
未来のいのちと共にあると
横たわる勇気あるものよ

内面の叫び

時代の結節点に止められた
全てを疑い信じるなと
人が変わり時代が瞬時に代わる
悪魔と天使が入れ替わるように

時代に殉じたものが
新しい時代を築いてゆく
無念の臍を噛みしめながら
黙々と顔を輝かせながら
この良き時代を歩いてゆく

良き時代など無いことを
良く知っている
それでも未来は待っている
頭を振りながら血を吐きながら
悶え苦しみながら未来を夢見る

我ら皆人間は
平和な幸福な立ち姿で
この大地を踏みしめ
青空の青い天を呼び込み
いのちの限り人間らしさを
叫び続ける

平和を生きよと

狂気

私はあなたの事を
知らないから
黙ったまま聞いている
深い胸の渦を見ながら

信じえないことが
日々起こり
手を指しのばされる
こともなく
倒れてゆく

人間らしさは逃げ去り
醜い人間のみがのさばり
腐った精神の梯子は歪む
正義の声は地に叩きつけられ

人間らしくあることは辛い
ひん曲がった唇
どんより曇った目
権力を振り上げる手
腹黒い貪欲
狂気の頭は人間を食い尽くす

核の女神を抱きしめる子に
祝福あれ
狂気の人間達に

大地を離れて

言葉が蝶のように飛んでいる
実態が消えて平ぺったい
早口の口当たりの良い
頭の回転の速いコトバが
笑いの嘘を交えて
飛び交っている

善意の言葉が非現実を描いて
実態を欠いた人間が
大地から離れている

綺麗なイルミネーション
人工美の向こうのメタ
足が地上を浮いている
人間が消えて見えない
夢を酔う世界
激しく振る頭が痛い

何時人間が消えたのだろう
地上を踏みしめた
現存在の人間がいない
空虚なイメージの溶けて崩れそうな世界
仮の人間へと
非現実のメタに足を掬われている

心身とも浮かれて

幻想の世界に夢と理想を踊っている
虚無と無の美しい絵の具を溶かして
溶けた人間が向こうを歩いている
核戦争に追い込まれた黒い雨の中を

開かれた心の自由は何処にもなく
浮かれた欲望を敷いた人間が
戯れているだけ
人類が滅びゆく予習をしているようだ

余りにも人間の価値が違いすぎ
覚悟して中庸を歩く人は少ない
心身共に健康な人は何処にも居ない
何かに汚されている
地平線の青空を歩む人よ

人間として自由平等を生きる人よ
清らか青い心の地球人よ
人間の可能性を開く人よ
君は世界の未来に何を見るのか

同時代人

ぎゅっと縛って
心を言葉で織り込む
虐げられた精神を
生きた清らかな心を
織り込む

清らかな美しい織物が
輝いている
精神の生きるいのちが
輝いている

ああ　言葉が生きている
唇を噛みしめ生きた命が
言葉を持って囁きかける
澄み渡る青空は晴れ渡り
喜びの歌は歌われ
生きるいのちの賛歌が
降り注ぐ

人々の夢見る瞳は美しい
共に生き抜く人生は喜ばしい
我ら皆恐苦を共にし
勇気と情熱の松明を掲げ
人間の尊厳を高らかに歌う
同時代人

市民よ

戦いに虐げられた後に
君達は人間らしい
新しい時代を
築いているだろうか

お互いを尊敬し合い
お互いに気力を出し尽くし
屹立した精神の高さを
見つめて合っているだろうか
宿命に対峙する

自らを尽くす
我ら心の市民よ

真善美を求め続ける我々
この世に生きる使命を
この世に生きた命の姿を
次の時代からこの世に
慕われる勇気ある人間がいたかを
心弱くても必死に立ち向かい
苦しくても藻掻き歯を食いしばり
それでも生き抜いていたかを
問われ続けているのだろう

青空に虹がかかり
心に虹を浮かべ

勇気ある憩いの虹を
継ぎの時代に描き
励ましの言葉を掛け合おう
恐怖に立ち向かう
自らを尽くす
我ら心の市民よ

玉砕

胸痛む眩暈する時代から
この良き時代を生きたものだ
この仇はきっと討ちますと
健気に叫ぶ女教師の決意
玉砕の勇気に自らを賭けて

時代を背負う若き玉砕の若者
健気にも褒めて下さいと
決意を述べ
荒鷲は善悪を超えて
自らを捧げ天を飛ぶ

唇を噛みしめ
いのちこそ人生の目的なのに

玉砕を時代のスローガンとして
燃え立つ火の玉となって
時代精神を奮いたたせる
飢えと病と爛れた肉体を
命令によって
物として海山に放り投げられ
人間の奥深さは虐げられ
人間らしさは失われ

生死を共にし
二律背反に割れ張り付き
傷ついた心は痛い

修復されず長く長く残る
二つの時代の子よ
自由平等の世界を共に歩みたい
未来の光を共に見て

人類の玉砕
核を背負う愚かな人間達よ
こころが溶けて無くなって
仕舞わなければ
分からないのだろうか
継続する人間のいのちこそ
自由平等を生きていることを

現代人は
人類滅亡の敵

核の悪魔を野放しにして
未来への責任を果たさない
悪魔の国の顔をしている

平和の憩う心の泉に
出会う時代は無いのだろうか

永遠平和

死者達を懐に抱いて
平和の朝の目覚めを詠おう
何物にもめげず対峙する
清らかな光
人間精神を天に向かって
奏でよう

苦の字に転げ落ちる人間を
もう見たくない
溶けてゆく横たわる牢獄を

もう見たくない
苦の字に痛めつけられる
精神はむごい

死者達を胸に抱き
戦いの傷に対峙して
両手を天に向かって広げ
人間賛歌を高らかに叫ぼう

目を背けるな
全ての苦悩に値する人間で
あり続けよう
叶わぬ永遠平和を夢見て
精神の草原を
颪となって駆け抜けよう

理性の誓いのもと
人間らしく生き抜こう
この生きづらき世を

ケロイドの死者たちに誓い
世界を無に帰する
核の無残さを知るものは
人類永遠の継続を夢見て
永遠平和をこころに刻み
永遠平和を追い続けよう
いのちのある限り

平和の光はどこから
やってくるのだろう
きっと

生死を超えて継続するいのち
大木のように
海のように
青空のように
太陽のように
人間らしさが屹立している
人々の心からやってくる

気高き精神

誰からとも離れて
気高き精神は
清らかな青空に住む

あらゆる時
あらゆる場所で
君は人間だと
自らに言い聞かせて
気高く生きよ
憧れ見上げる人よ

困難で有ればあるほど
君の気高き精神は
清らかに
奮い立ち
君の視線は
地平線を見つめている

この世はいかような
苦悩に満ちていようとも
自らに言い聞かせよ
小さな怯え震える魂に
君はそれに耐え得る
相応しい人であるかを
自らに問い続け

健やかに悠然と生きよ

自らを励まし
何も望まず
心豊かに生きよ
我々の名誉にかけて
気高き時代精神を創って行こう

遥か遠くを見上げる
ぐうたらな愚か者なれど
そうならんと祈る
苦悩に値する人間だと

清い光

精神は
大地を耕す勇気
全てを飲み込み
暗夜の向こうに見える
清い光

苦悩を耐え抜いた精神
人生を耕し続け
豊かな果実を実らす
永遠の夕陽を背負う

清い光

一歩一歩
大地を踏みしめながら
屹立する雪山を超えてゆく
遥か遠い地平線を見つめながら

痛い石を踏みつけながら
不安の投げ網に掛かろうとも
夕焼けを旅する
乞食坊主

抗う海にも立ち向かい
いのちを耐え抜き
十分に良く生きたと

言いたい
全てを生き生き
生きた体験に

良く生き抜いた
いのちの鼓動と共に
人間の全存在が
豊かにそこに在ると
信じたい

著者略歴
真原継一（まはら・けいいち）

詩集『天の雪水』『立ち姿』『人間らしい心を求めて』
『魂の調べ』（土曜美術社出版販売）

詩集 清《きよ》い光《ひかり》

発行 二〇二四年十二月一日

著者 真原継一
装幀 直井和夫
発行者 高木祐子
発行所 土曜美術社出版販売
〒162-0813 東京都新宿区東五軒町三―一〇
電話 〇三―五二二九―〇七三〇
FAX 〇三―五二二九―〇七三二
振替 〇〇一六〇―九―七五六九〇九
DTP 直井デザイン室
印刷・製本 モリモト印刷
ISBN978-4-8120-2878-0 C0092